Die Geister der Sumpfzypresse
Das Vermächtnis des Schweriner
Schlossparks

AF191307

Herold zu Moschdehner

Die Geister der Sumpfzypresse

Das Vermächtnis des Schweriner Schlossparks

Bibliografische Information der Deutschen Nationalbibliothek
Die Deutsche Nationalbibliothek verzeichnet diese Publikation in der Deutschen Nationalbibliografie; detaillierte bibliografische Daten sind im Internet über http://dnb.d-nb.de abrufbar.

ISBN: 978-3-7693-1053-5

15,99 Euro

Vorwort

In der Stille alter Parks und der Schwere vergangener Geschichten liegt oft eine Kraft, die wir kaum wahrnehmen, doch die umso lebendiger wird, wenn man den Mut hat, genauer hinzusehen. Diese Geschichte führt uns an einen solchen Ort – den Schlosspark von Schwerin, in dem die uralte Sumpfzypresse stand, ein Baum, dessen Wurzeln tief in die Vergangenheit reichen und Geheimnisse bewahren, die sich jenseits unseres alltäglichen Verstandes bewegen.

Dies ist die Geschichte eines Mannes, der sich einem Fluch stellte, von dem nur die wenigsten wagten zu sprechen, und der die Stimmen derer hörte, die von der Welt vergessen worden waren. Die Begegnungen, die er machte, und die dunklen Geheimnisse, die sich ihm offenbarten, sind mehr als bloße Legenden; sie sind ein Vermächtnis, das von Menschen, Geistern und den Kräften der Natur erzählt. Ein Vermächtnis, das Erlösung brachte, doch einen hohen Preis forderte.

Ich lade Sie ein, sich mit mir in die Schatten und Geheimnisse zu begeben, die in diesem Buch aufgedeckt werden – in eine Welt, in der die Grenze zwischen Leben und Tod nur einen Hauch dünn ist und die Geister der Vergangenheit darauf warten, ihre Geschichte zu erzählen. Möge diese Erzählung Sie daran erinnern, dass das Vergangene nie ganz verschwunden ist und dass manchmal das Dunkelste auch das Hoffnungsvolle in sich birgt.

Kapitel 1: Das Erwachen der Legende

Der Nebel legte sich an diesem Morgen schwer über den Schlosspark von Schwerin, wie eine unsichtbare Hand, die jedes Geräusch, jede Bewegung dämpfte. Die Szenerie war unwirklich still, als hätte der Park den Atem angehalten, um das herannahende Geheimnis zu begrüßen. Robert stand am Ufer des Schlossgrabens und starrte über das Wasser hinweg auf den mächtigen Baum, der sich in der Ferne erhob: die Sumpfzypresse. Sie war ein Gigant, ein unübersehbares Monument, dessen krumme und zerfurchte Wurzeln wie Krallen aus dem Boden ragten und dessen rostrote Nadeln im diffusen Licht wie feurige Funken schimmerten. Es war ein Anblick, der einerseits beruhigend wirkte, andererseits jedoch eine düstere Präsenz ausstrahlte, die den Atem stocken ließ.

Robert, ein Historiker mit einer Vorliebe für alte Legenden, war der Magie von Sagen und Mythen stets verfallen gewesen. Doch was ihn an diesem Ort erwartete, ging über alles hinaus, was er bisher gekannt hatte. Schon seit Wochen hatte ihn die Geschichte dieser Sumpfzypresse beschäftigt, seit ihm eine ältere Dame im örtlichen Archiv davon erzählt hatte. „Der Baum ist ein Tor zur Vergangenheit", hatte sie gesagt und geheimnisvoll gelächelt. „Wer zu lange unter ihm verweilt, wird Teil seines Fluches." Robert hatte gelacht und es als Aberglauben abgetan. Doch heute, in der feuchten Kühle des Herbstmorgens, schienen die Worte der alten Frau mehr Gewicht zu haben.

Sein Forschergeist hatte ihn schließlich in den Park getrieben, um das Geheimnis des Baumes zu lüften. Und nun stand er hier, direkt vor der Sumpfzypresse, die wie ein uralter Wächter über den Park wachte. Ein eigenartiges Gefühl der Ehrfurcht ergriff ihn. Es war, als würde der Baum ihn anstarren, ihn förmlich in seinen Bann ziehen. Er spürte das Kribbeln auf der Haut, das ihn an Momente erinnerte, in denen etwas Übernatürliches im Spiel war – Momente, die in den alten Legenden immer wieder beschrieben wurden.

Robert trat näher an die Sumpfzypresse heran und betrachtete ihre Rinde. Sie war tief zerfurcht, voller Risse und Unebenheiten, als trüge sie die Narben längst vergangener Zeiten. Zwischen den Furchen schienen sich Gesichter zu formen, menschliche Züge, die aus dem Holz hervorstachen und ihm wie versteinerte Fratzen entgegenblickten. War es nur sein Verstand, der ihm einen Streich spielte? Oder hatte dieser Baum wirklich die Fähigkeit, die Seelen jener einzuschließen, die ihm zu nahe kamen? Ein Schauder überlief ihn, und er zwang sich, den Blick abzuwenden. Doch die Neugier war stärker als die Furcht.

„Man sagt, der Baum habe seine Wurzeln in die Seelen der Verfluchten geschlagen", murmelte Robert leise vor sich hin, als könnte er damit die düsteren Gedanken vertreiben. Die Wurzeln der Sumpfzypresse schienen sich wie lebende Tentakel um den Stamm zu schlingen, bereit, jeden einzufangen, der es wagte, zu lange unter dem Baum zu verweilen. Er erinnerte sich daran, was die alte Dame gesagt hatte: „Steh niemals länger als fünfzehn Minuten reglos unter diesem Baum. Die Versteinerten werden dich holen."

Ein frischer Windstoß wehte, und die Nadeln des Baumes raschelten wie tausend leise Stimmen, die ihm ein Warnsignal zuflüsterten. Robert schüttelte den Kopf und versuchte, die düsteren Gedanken zu vertreiben. Schließlich war er hier, um die Wahrheit herauszufinden, nicht, um sich von Hirngespinsten einschüchtern zu lassen. Doch als er sich umsah, bemerkte er, dass die Welt um ihn herum seltsam verschwommen wirkte. Der Nebel hatte sich verdichtet, und die Geräusche des Parks waren verstummt, als würde alles um ihn herum in einem gespenstischen Schweigen versinken.

Er nahm seine Uhr zur Hand und stellte fest, dass er bereits über zehn Minuten hier stand, ohne sich groß bewegt zu haben. Ein seltsames Gefühl der Starre breitete sich in seinen Beinen aus, als hätte der Boden unter ihm begonnen, ihn festzuhalten. Irritiert schaute er hinab und sah, dass seine Füße wie in den weichen Boden eingesunken waren. Ein Hauch von Moos hatte sich bereits an seinen Schuhen angesammelt, und er spürte ein kaltes Kribbeln, das langsam seine Beine hinaufkroch. Das Gefühl der Starre wurde stärker, und für einen Moment schien es, als würde die Erde ihn verschlingen wollen.

„Nein... das kann nicht sein", flüsterte er und versuchte, seine Füße aus dem Boden zu lösen. Doch der Widerstand war stärker, als er erwartet hatte. Panik kroch in ihm auf, und er begann, heftig an seinen Beinen zu zerren, während er das

Gefühl hatte, dass unsichtbare Hände ihn festhielten. Ein Schweißtropfen rann ihm über die Stirn, und das Rascheln der Nadeln über ihm schien lauter zu werden, wie das leise Lachen eines uralten Wesens, das seine Beute endlich gefunden hatte.

Gerade, als die Panik in ihm einen Höhepunkt erreichte, hörte er eine raue Stimme hinter sich: „Man sollte nicht so lange unter diesem Baum stehen, Junge." Robert drehte sich um und sah einen alten Mann, der ihn mit einem wissenden Lächeln ansah. Der Mann wirkte wie eine Erscheinung, gekleidet in einem dunklen Mantel, mit einem Gesicht voller Falten, das aussah, als hätte es selbst eine Ewigkeit überdauert. „Dieser Baum nimmt sich, was er will. Und er lässt nicht los, sobald er seine Klauen einmal in jemanden geschlagen hat."

Robert wollte etwas sagen, doch seine Stimme versagte. Der alte Mann nickte nur, als verstünde er die Fragen, die in Roberts Kopf tobten. „Du bist nicht der Erste, der in seinen Bann gerät", fuhr der Mann fort, „und du wirst nicht der Letzte sein. Aber wenn du dich retten willst, dann halte dich fern von diesem verfluchten Baum. Nicht alle, die hier stehen, haben das Glück, sich rechtzeitig loszureißen."

Mit diesen Worten drehte sich der Mann um und verschwand im Nebel, als wäre er selbst ein Teil davon. Robert stand noch eine Weile da, unfähig, sich zu rühren, und spürte, wie das Gewicht auf seinen Beinen nachließ. Schließlich gelang es ihm, seine Füße aus dem moosigen Boden zu ziehen. Er stolperte rückwärts und keuchte, als der kalte Wind ihm ins Gesicht wehte und ihn zurück in die Realität riss.

Seine Gedanken rasten, und das Bild der Gesichter in der Rinde ließ ihn nicht los. Waren es wirklich die Seelen der Verfluchten, die der Baum in seinen Wurzeln festhielt? Und was für ein Fluch lastete auf diesem Ort, dass sogar ein harmloser Spaziergang zur tödlichen Falle werden konnte? Er wusste, dass er zurückkommen musste. Dieses Rätsel ließ ihm keine Ruhe, und die Geschichte der verfluchten Wurzeln und des Schlossgeistes Petermännchen, die er aus alten Büchern und Erzählungen kannte, schien sich wie ein dunkler Schatten über seine Gedanken zu legen. Es war, als hätte der Baum ihn mit einer unsichtbaren Kette an sich gebunden, und je mehr er versuchte, die düsteren Bilder abzuschütteln, desto stärker wurde die Anziehungskraft.

Robert atmete tief durch und machte sich langsam auf den Weg zurück, die Augen immer wieder misstrauisch über die Schulter geworfen, als würde ihn etwas aus dem Nebel heraus beobachten. Er fühlte sich wie ein Mann, der an der Schwelle zu einem Geheimnis stand, das weit größer und finsterer war, als er je geahnt hatte.

Kapitel 2: Das verfluchte Ritual

Die Nacht brach über den Schweriner Schlosspark herein, und der Mond erhob sich bleich und voll über die dunklen Baumwipfel. Seine kalten Strahlen ließen das Wasser des Grabens glitzern und tauchten den Park in ein geisterhaftes Licht. Robert saß in seinem kleinen Arbeitszimmer, das vollgestopft war mit Büchern, alten Dokumenten und Notizen. Die Gedanken an den Baum und die seltsame Begegnung am Morgen ließen ihn nicht los. Er war nach seiner Begegnung mit dem alten Mann unruhig und konnte sich nicht auf seine anderen Arbeiten konzentrieren.

Vor ihm lag ein uraltes Buch, das er am Vortag aus dem Stadtarchiv entliehen hatte. Es war ein Foliant aus dem 16. Jahrhundert, geschrieben in altertümlichem Deutsch und voller Berichte über die ersten Siedler in der Region. Die Seiten waren vergilbt, die Schriftstellen verblasst, doch die Geschichten, die in dem Buch erzählt wurden, hatten etwas Beunruhigendes. Der Abschnitt, der seine Aufmerksamkeit am meisten fesselte, trug den Titel: „*Das Ritual der Verwandlung.*"

Er zündete eine Kerze an, um das fahle Licht des Mondes zu ergänzen, und las aufmerksam die alten Zeilen. Das Buch berichtete von einer slawischen Fürstenfamilie, die vor Jahrhunderten über das Land geherrscht hatte. Sie waren ein mächtiges Volk gewesen, das die Götter verehrte und ihre Riten in tiefer Verbindung mit der Natur vollführte. Doch es gab einen Baum – eine uralte Sumpfzypresse – der als magischer Ort verehrt wurde. Die Slawen glaubten, dieser Baum sei das Tor zu den Göttern, und sie hielten ihn für einen heiligen Ort.

Robert las weiter und hielt den Atem an, als er auf die Passage stieß, die das Ritual der Verwandlung beschrieb. Es war ein dunkles Ritual, das nur in Zeiten äußerster Not durchgeführt wurde. Die Fürsten hatten herausgefunden, dass der Baum, wenn er mit der Energie von Lebewesen genährt wurde, unzerstörbares Holz produzierte, härter und beständiger als jeder andere Werkstoff. Sie nannten es das „Verholzene Fleisch". Dieses Holz wurde zum Fundament der Slavenburg, die einst an der Stelle des heutigen Schlosses stand.

Doch der Baum verlangte Opfer. Die alten Texte beschrieben, wie Dorfbewohner, oft Kriegsgefangene oder verurteilte Verbrecher, zum Baum geführt wurden. Sie wurden gezwungen, regungslos unter der Sumpfzypresse zu stehen. Nach fünfzehn Minuten begann der Baum, sie in seine Wurzeln aufzunehmen, und ihr Fleisch verwandelte sich langsam in Holz. Das Ritual war schrecklich und schmerzvoll, und die Schreie der Opfer hallten durch die Wälder, während ihr Körper zu den menschenähnlichen Wurzelsträngen wurde, die Robert am Morgen so fasziniert hatten.

Robert rieb sich die Stirn und legte das Buch zur Seite. Seine Gedanken wirbelten. Die Vorstellung, dass der Baum sich wirklich von den Seelen derer nährte, die ihm zu nahe kamen, schien absurd – und doch, was hatte er am Morgen gespürt? War es möglich, dass dieser uralte Fluch tatsächlich noch immer auf der Sumpfzypresse lastete? Die Idee war schrecklich, und dennoch spürte Robert eine unheimliche Faszination. Er wusste, dass er der Sache weiter nachgehen musste, auch wenn es ihm Unbehagen bereitete.

Sein Blick fiel auf einen weiteren Abschnitt des Buches. Diese Passage beschrieb eine düstere Geschichte von Verrat und Rache. Ein Priester, der einst in der Burg lebte, hatte die Fürsten angefleht, das Ritual zu beenden. Er warnte, dass die Geister der Versteinerten niemals Ruhe finden würden, solange ihre Seelen in den Wurzeln des Baumes gefangen blieben. Doch die Fürsten lachten und führten das Ritual weiter durch, überzeugt, dass die Macht des Baumes sie unbesiegbar machen würde.

Der Priester, so berichtete das Buch, beschloss, die Fürsten selbst für ihre Taten zu bestrafen. In einer dunklen Winternacht, als die Burgbewohner schliefen, schlich er sich zu der Sumpfzypresse und flüsterte eine alte Beschwörung. Die Legende besagte, dass er die Wurzeln des Baumes mit einem Fluch belegte, der dafür sorgte, dass die Seelen der Opfer niemals Erlösung fanden. Ihre Qualen würden auf ewig in den Wurzeln gefangen bleiben und jedem, der sich dem Baum zu lange näherte, das gleiche Schicksal bereiten.

Die Fürsten spürten bald die Auswirkungen des Fluches. Nach und nach verschwanden Menschen in der Nähe der Burg, und die Wurzeln des Baumes schienen sich zu verändern. Sie begannen, die Form von Menschen anzunehmen, von Gesichtern, die in ewiger Qual erstarrt waren. Die Fürsten erkannten, dass sie einen schrecklichen Fehler begangen hatten, doch es war zu spät. Der Baum verlangte nach immer mehr Opfern, und bald wurde die Burg zu einem verfluchten Ort, den selbst die tapfersten Krieger mieden.

Robert warf einen nervösen Blick zur Uhr. Es war bereits weit nach Mitternacht, doch das Wissen, das er gewonnen hatte, hielt ihn wach. Sein Herz klopfte schneller, als er sich vorstellte, wie die Opfer langsam in die Wurzeln des Baumes übergingen, gefangen in einer Zwischenwelt aus Leben und Tod. Die Vorstellung, dass der Baum eine Art lebendiges Wesen war, das noch immer Opfer forderte, jagte ihm einen kalten Schauer über den Rücken.

Doch eine Frage ließ ihn nicht los: Warum war Petermännchen, der Schlossgeist, mit diesem Fluch verbunden? Das Buch erwähnte ihn nicht, doch die Legende besagte, dass er als Wächter des Schlosses und Beschützer der Geister diente. Vielleicht war er einst einer der Verfluchten gewesen, ein Krieger oder ein Diener der Fürsten, der sich geopfert hatte, um die anderen zu beschützen. Oder war er selbst Teil des Fluches, dazu verdammt, ewig über die versteinerten Seelen zu wachen?

Robert schüttelte den Kopf. Die Geschichte war faszinierend und verstörend zugleich. Er beschloss, am nächsten Tag weiterzuforschen und den Park erneut aufzusuchen. Vielleicht würde er dort Antworten finden, die ihm das Buch nicht geben konnte. Doch tief in seinem

Inneren spürte er eine Vorahnung, dass er sich auf gefährliches Terrain begab.

Er löschte die Kerze und legte sich ins Bett, doch der Schlaf wollte nicht kommen. Immer wieder sah er die Fratzen in der Rinde, die verzerrten Gesichter der Opfer, die in ewiger Qual unter der Sumpfzypresse gefangen waren. Er konnte die leisen Stimmen hören, die aus den Wurzeln flüsterten und ihm zuflüsterten, dass es kein Entkommen gab. Und irgendwo im Schatten seiner Träume tauchte das Petermännchen auf, das ihn mit einem ernsten Blick warnte, sich nicht zu weit in die Dunkelheit zu wagen.

In der Stille der Nacht war der Park wie ausgestorben, und die Sumpfzypresse stand einsam unter dem Mondlicht, eine unheimliche Gestalt, die über die verfluchten Seelen wachte.

Kapitel 3: Das Geheimnis des Petermännchens

Die Sonne schien durch die tiefhängenden Äste des Schlossparks, doch das Licht schien schwächer und blasser als sonst. Robert spürte ein seltsames Gewicht in der Luft, als würde der Park selbst ihn beobachten. Es war ein klarer Tag, doch das Gefühl der Beklommenheit, das ihn seit seiner Begegnung mit dem alten Mann und dem nächtlichen Studium des Ritualbuches nicht mehr losließ, war allgegenwärtig.

Er war früh am Morgen in den Park zurückgekehrt, entschlossen, die Legenden rund um die Sumpfzypresse weiter zu erkunden. Seit jener unheimlichen Begegnung mit dem Baum und den Geschichten, die er gelesen hatte, gab es etwas, das ihn unaufhörlich an diesen Ort zog. Ein unsichtbares Band, eine Kraft, die ihn immer wieder in die Nähe der verfluchten Wurzeln zog. Heute war er mit einem anderen Ziel gekommen: Er wollte versuchen, Kontakt zum Petermännchen aufzunehmen – dem Schlossgeist, der laut Legende seit Jahrhunderten über die Seelen der Versteinerten wachte.

Robert hatte die Geschichten von Petermännchen schon oft gehört. Der kleine, schelmische Geist, der angeblich durch die Flure des Schlosses schlich, um Besucher zu erschrecken und Unheil von den Bewohnern abzuwenden, war eine bekannte Figur in Schwerin. Doch er hatte sich nie Gedanken darüber gemacht, ob es vielleicht mehr als nur ein Aberglaube war. Nun, mit dem Wissen um den Fluch des Baumes und die verlorenen

Seelen, begann er, das Petermännchen in einem anderen Licht zu sehen. Vielleicht war er nicht nur ein harmloser Schlossgeist, sondern ein Gefangener, ein Geist, der durch den Fluch des Baumes an diesen Ort gebunden war.

Robert hatte eine kleine Laterne und etwas Räucherwerk dabei, in der Hoffnung, so die Aufmerksamkeit des Geistes zu erregen. Er wusste nicht, ob das funktionieren würde – es war schließlich das erste Mal, dass er versuchte, bewusst mit einem Geist zu kommunizieren. Er stellte die Laterne auf einen flachen Stein nahe der Sumpfzypresse, entzündete das Räucherwerk und murmelte eine kurze Bitte um Beistand. Es war ein seltsames Ritual, und er fühlte sich etwas albern dabei, doch die unheimliche Atmosphäre des Parks ließ ihn seine Zweifel schnell vergessen.

„Petermännchen", flüsterte er in die Stille des Morgens. „Wenn du wirklich hier bist… wenn die Geschichten wahr sind, dann bitte ich dich, mir zu erscheinen. Ich will dir helfen. Ich will das Geheimnis des Baumes und der verfluchten Seelen verstehen."

Für einen Moment war es vollkommen still, und Robert begann schon, an seiner Idee zu zweifeln. Doch dann fühlte er einen plötzlichen, kalten Hauch, der über seine Haut strich, wie eine unsichtbare Hand, die ihn leicht berührte. Die Flamme der Laterne flackerte, obwohl kein Windhauch wehte, und das Räucherwerk begann, dickere Rauchschwaden auszustoßen, die sich wie geisterhafte Schleier in der Luft kringelten.

Und dann sah er ihn.

Zwischen den Wurzeln der Sumpfzypresse schälte sich langsam eine kleine Gestalt aus dem Schatten. Es war ein kleines Männchen, kaum größer als ein Kind, gekleidet in altmodische Kleidung, die an einen mittelalterlichen Hofnarren erinnerte. Sein Gesicht war bleich und schmal, seine Augen dunkel und funkelnd, als trüge er Jahrhunderte voller Wissen und Leid in sich. Der Geist des Petermännchens blickte Robert direkt an, und ein geheimnisvolles Lächeln umspielte seine Lippen.

„Du hast mich gerufen", sagte Petermännchen mit einer Stimme, die alt und doch überraschend lebendig klang. „Nicht viele wagen es, den Geist des Schlosses um Hilfe zu bitten. Die meisten fürchten sich vor dem, was sie hier finden könnten."

Robert schluckte, fühlte jedoch keinen Schrecken, sondern eine unerklärliche Ruhe. „Ich will die Wahrheit über diesen Ort erfahren. Über den Baum, über den Fluch und über die Seelen, die in den Wurzeln gefangen sind. Kannst du mir helfen?"

Petermännchen nickte langsam. „Der Baum ist älter als alles, was du dir vorstellen kannst. Er wurde nicht einfach gepflanzt – er wurde mit einem Fluch geschaffen. Ein Ritual, das die Lebenskraft der Opfer in das Holz und die Wurzeln zog, um eine undurchdringliche Barriere zu schaffen. Die Fürsten wollten unsterblich sein, doch die Natur akzeptiert keine Gier. Sie fanden ihren Tod in den Armen dessen, was sie selbst erschaffen hatten."

„Und du?" fragte Robert leise. „Warum bist du hier? Was ist deine Verbindung zu diesem Ort?" Petermännchen sah ihn lange an, und in seinen Augen glomm ein Schmerz, der tiefer war als alles, was Robert je gesehen hatte. „Ich war einer von ihnen", sagte er schließlich mit einer Stimme, die fast wie ein Flüstern klang. „Einer der Wächter, die den Baum schützten und die Geheimnisse der Fürsten bewahren sollten. Doch als ich erkannte, was sie taten, wollte ich es verhindern. Sie verfluchten mich, weil ich ihnen den Rücken gekehrt habe. Jetzt bin ich gefangen – nicht ganz lebendig, aber auch nicht tot. Ein Geist, dazu verdammt, die Seelen der Versteinerten zu bewachen."

Robert hörte aufmerksam zu, und eine düstere Erkenntnis breitete sich in ihm aus.

Petermännchen war nicht einfach ein schelmischer Geist, sondern eine gefangene Seele, an den Baum gebunden und gezwungen, über die verfluchten Wurzeln zu wachen, die einst Menschen gewesen waren. „Gibt es einen Weg, dich zu befreien?" fragte er, ein Funken Hoffnung in seiner Stimme.

Petermännchen schüttelte langsam den Kopf. „Der Baum lebt von den Seelen derer, die er gefangen hält. Solange er existiert, existiert auch der Fluch. Die Wurzeln sind wie Ketten, die mich an diesen Ort binden. Doch…" Er hielt inne und blickte Robert tief in die Augen. „Vielleicht gibt es einen Weg. Aber er verlangt ein Opfer."

„Welches Opfer?" fragte Robert, doch in seinem Inneren ahnte er bereits die Antwort.

„Du musst das Schwert finden", sagte Petermännchen. „Es ist ein uraltes Artefakt, das die Kraft hat, den Baum zu zerstören. Doch das Schwert verlangt eine Gegenleistung. Es wird nur durch das Blut eines Sterblichen aktiviert, der bereit ist, seine Seele zu opfern. Nur dann kann der Fluch gebrochen werden."

Robert atmete tief durch und fühlte die Schwere dieser Worte. Das Schwert, ein uraltes Relikt, das der Baum fürchtete und das Petermännchen hoffnungsvoll machte. Er wusste, dass seine Suche ihn in die dunkelsten Tiefen der Geschichte führen würde, doch er spürte auch, dass dies seine einzige Chance war, das Geheimnis des Schlosses und des Petermännchens zu lösen.

„Ich werde das Schwert finden", versprach er leise, und in seinen Augen glomm die Entschlossenheit, die ihn schon so oft in die dunkelsten Winkel der Vergangenheit geführt hatte.

Petermännchen lächelte traurig, als wüsste er, was Robert bevorstand. „Sei vorsichtig", flüsterte er. „Der Baum wird alles tun, um dich aufzuhalten. Er hat Jahrhunderte überdauert und seine Macht übersteigt alles, was ein Mensch begreifen kann. Doch wenn du wirklich helfen willst… dann geh zu den alten Ruinen im Norden des Parks. Dort liegt das Schwert verborgen. Nur die Tapfersten wagen sich dorthin."

Mit diesen Worten begann Petermännchen, sich in den Schatten zurückzuziehen, seine Gestalt verschwand langsam, und die kalte Luft des Morgens kehrte zurück. „Vergiss nicht, Robert", hallte seine Stimme leise aus der Ferne, „nicht alles, was du in den Schatten findest, wird dir die Wahrheit enthüllen. Manches wird dich nur tiefer in die Dunkelheit führen."

Dann war er fort.

Robert stand allein vor der Sumpfzypresse, das Herz schwer und den Kopf voller Fragen. Doch eine Sache war ihm klar: Er musste das Schwert finden. Es gab kein Zurück.

Kapitel 4: Die Stimmen der Versteinerten

Der Tag begann sich bereits in den Abend zu neigen, als Robert in die alten Ruinen am nördlichen Rand des Schlossparks aufbrach. Der Himmel färbte sich langsam in dunkle Purpur- und Blautöne, und die Schatten der Bäume dehnten sich wie schwarze Finger über die Wege. Ein eisiger Wind zog auf und trug ein unheimliches Flüstern mit sich, das Robert immer wieder glauben ließ, Stimmen in der Ferne zu hören. Die Begegnung mit Petermännchen am Morgen hatte ihm eine klare Richtung gegeben, doch die Worte des Geistes hallten noch immer in ihm nach: *„Der Baum wird alles tun, um dich aufzuhalten."*

Die Ruinen waren alte, verfallene Überreste einer slawischen Siedlung, so hieß es zumindest in den Geschichtsbüchern. Heute war wenig mehr übrig als ein paar überwucherte Mauerstücke und bröckelnde Steine, die mit Moos bedeckt waren. Der Ort war verlassen und wirkte wie ein vergessenes Relikt einer längst vergangenen Zeit. Der Gedanke, dass hier das Schwert versteckt sein sollte – das Schwert, das die Macht besaß, den Fluch zu brechen und den Baum zu zerstören – erfüllte Robert mit einer Mischung aus Angst und Entschlossenheit.

Er trat vorsichtig in die Ruinen ein und suchte nach Hinweisen. Jeder Stein, jeder Schatten könnte ein Teil des Geheimnisses sein, das Petermännchen ihm enthüllt hatte. Es war still, so still, dass sein Atem wie ein Fremdkörper in dieser Umgebung klang. Er spürte eine unsichtbare

Präsenz, als würde ihn etwas beobachten. Plötzlich vernahm er ein leises, kaum wahrnehmbares Murmeln. Es klang, als käme es aus der Tiefe der Erde, ein Flüstern, das durch die Mauern und den Boden drang.

„Hilf uns… hilf uns…"

Die Stimme war kaum mehr als ein Hauch, doch sie war eindeutig da. Robert kniete sich hin und legte die Hände auf den kalten Boden. Er konnte die Verzweiflung spüren, die in diesen alten Steinen gefangen war. Es waren die Seelen der Versteinerten, die Petermännchen beschrieb – die verlorenen, leidenden Geister, die durch das Ritual an den Baum und die Ruinen gebunden worden waren. Sie riefen nach Erlösung, und ihre Stimmen waren voller Schmerz und Sehnsucht.

„Was ist mit euch geschehen?" flüsterte Robert und spürte, wie eine Träne über seine Wange rollte. Die Stimmen antworteten nicht, doch die Luft schien kälter zu werden, und das Flüstern wurde intensiver, wie das Zischen tausender leiser, gequälter Seelen. Robert begann zu verstehen, dass diese Geister mehr als nur Spuren aus der Vergangenheit waren. Sie waren Teil der Macht des Baumes, gefangen zwischen den Welten, lebendig und tot zugleich.

Als er weiter in die Ruinen eindrang, bemerkte er eine schmale Öffnung im Boden, die wie der Eingang zu einem alten Keller wirkte. Ein Hauch von Moder und Verfall stieg daraus empor, und Robert spürte das unangenehme Gefühl, dass etwas Dunkles auf ihn wartete. Doch er wusste, dass er nicht umkehren konnte. Er entzündete seine Taschenlampe und stieg vorsichtig die steinernen Stufen hinab, die unter seinen Füßen knirschten und bröckelten. Die Luft wurde dicker und kälter, und die Dunkelheit schien ihm entgegenzukriechen, als wollte sie ihn verschlingen.

Der Keller war ein enger, feuchter Raum, die Wände waren mit Moos bedeckt und der Boden uneben und feucht. Am hinteren Ende des Raumes bemerkte Robert etwas, das aussah wie ein Podest, auf dem ein in dunkles Tuch gewickeltes Objekt lag. Sein Herz begann schneller zu schlagen. Das musste das Schwert sein. Vorsichtig trat er näher, während das leise Flüstern der Geister um ihn herum anschwoll, als wollten sie ihn warnen oder ihm Mut zusprechen. Er griff nach dem Tuch und enthüllte das Schwert. Es war alt und von einer Schönheit, die ihn sprachlos machte. Die Klinge war schmal und glänzte trotz des Alters in einem seltsamen, dunklen Glanz. Sie schien Licht aus der Dunkelheit zu saugen, als ob sie selbst lebendig wäre. Der Griff war mit Runen bedeckt, und als Robert genauer hinsah, erkannte er, dass die Symbole Geschichten erzählten – Geschichten von Macht, von Opfern, von Flüchen.

Kaum hatte er das Schwert berührt, als das Flüstern plötzlich verstummte. Eine gespenstische Stille legte sich über den Keller, und Robert spürte ein unangenehmes Kribbeln in der Hand, die das Schwert umklammerte. Ein eisiger Schauer durchlief seinen Körper, und er hatte das Gefühl, als würde die Waffe in seiner Hand leicht pulsieren, wie das Schlagen eines Herzens.

„Du hast es gefunden", erklang plötzlich eine Stimme in seinem Kopf. Es war Petermännchen, und seine Stimme klang ernst, fast traurig. „Doch sei gewarnt: Das Schwert fordert seinen Preis. Es ist die einzige Waffe, die den Baum besiegen kann, doch es verlangt eine Gegenleistung. Deine Seele, dein Leben – beides gehört ihm, sobald du es erhebst."

Robert war starr vor Schreck. Er hatte gewusst, dass das Schwert gefährlich war, doch diese düstere Prophezeiung ließ ihn zögern. Er sah auf die Klinge und spürte die uralte Macht, die darin ruhte. Es war, als könnte er die Schreie und das Leid all jener spüren, die sich dem Fluch des Baumes geopfert hatten. Das Schwert war nicht nur ein Werkzeug der Zerstörung; es war selbst ein verfluchtes Relikt, ein Instrument der Vergeltung.

„Ich habe keine Wahl", murmelte er, mehr zu sich selbst als zu Petermännchen. „Ich muss das Risiko eingehen. Diese Geister… diese Seelen… sie verdienen ihre Freiheit."

„So sei es", flüsterte Petermännchen. „Aber denk daran, Robert: Der Baum wird alles tun, um dich aufzuhalten. Wenn du es wagst, das Schwert gegen ihn zu erheben, wirst du sein Zorn erwecken. Und er wird dich nicht ohne Kampf ziehen lassen."

Mit diesen Worten verschwand die Stimme des Schlossgeistes, und Robert war wieder allein. Die Stille war beklemmend, und das Gefühl von drohendem Unheil hing schwer in der Luft. Doch er wusste, dass es kein Zurück mehr gab. Er hatte sich dem Schicksal verschrieben, die verfluchten

Seelen zu befreien und den Fluch des Baumes zu brechen, koste es, was es wolle.

Als er den Keller verließ, das Schwert fest in der Hand, verspürte er ein eigenartiges Gefühl der Ruhe. Die Stimmen der Geister hatten sich zurückgezogen, doch er konnte ihre Präsenz noch immer spüren, wie ein Hauch in der Luft. Sie hatten ihn auserwählt, und nun lag es an ihm, sie aus ihrer ewigen Qual zu erlösen.

Der Mond war aufgegangen, als Robert zurück zur Sumpfzypresse ging. Die Nacht war kalt und klar, und der Baum ragte vor ihm auf wie ein uraltes, bedrohliches Wesen, das über die verfluchten Wurzeln wachte. Er konnte die Menschenformen in der Rinde erkennen, die verzerrten Gesichter der Versteinerten, die in ewiger Qual gefangen waren. Ein seltsames Gefühl der Ruhe und Entschlossenheit überkam ihn, als er das Schwert erhob und sich auf das Kommende vorbereitete.

Doch bevor er den ersten Schlag führen konnte, fühlte er die Erde unter seinen Füßen vibrieren. Die Wurzeln des Baumes bewegten sich langsam, als würden sie sich auf ihn zubewegen, sich um ihn schlingen und ihn in die Tiefe ziehen wollen. Die Stimmen der Versteinerten hallten durch die Nacht, ein schmerzerfülltes Klagelied, das den Park erfüllte.

Robert atmete tief durch und schloss die Augen. Er wusste, dass dies der Moment war, auf den alles hinauslief. Mit einem letzten Blick auf die verzerrten Gesichter in der Rinde und die uralten Wurzeln, die sich wie Klauen um ihn schlossen, nahm er all seinen Mut zusammen und rief mit fester Stimme: „Euer Fluch endet hier. Heute befreie ich euch."

Und dann ließ er das Schwert herniedersausen.

Kapitel 5: Der Zorn des Baumes

Das Schwert traf mit einer solchen Kraft auf den Stamm der Sumpfzypresse, dass ein gewaltiges, donnerndes Echo durch den Schlosspark hallte. Die Erde erzitterte, als hätte Robert die Wurzel des Fluches selbst getroffen. Ein Schrei – durchdringend, gequält, eine Mischung aus Schmerz und Zorn – schallte durch die Nacht, und es war, als ob der Baum selbst die Stimme erhoben hätte. Die Gesichter in der Rinde verzerrten sich vor Schmerz, und die menschenähnlichen Wurzelstränge begannen zu zittern, als würden sie zum Leben erwachen. Robert spürte das Gewicht der Jahrhunderte auf ihm lasten, als er das Schwert ein weiteres Mal hob. Jede Faser seines Körpers schrie nach Erschöpfung, und doch trieb ihn eine unaufhaltsame Kraft voran. Er wusste, dass er nicht aufgeben durfte. Die Seelen der Versteinerten, die Geister der Verfluchten – sie alle zählten auf ihn. Petermännchen hatte ihm vertraut. Er konnte nicht zulassen, dass der Baum weiter Leid über den Park brachte.

Als er das Schwert erneut herabfahren ließ, wurde der Boden unter seinen Füßen unruhig, als würden unsichtbare Wurzeln versuchen, ihn zu verschlingen. Er taumelte zurück, während der Baum sich vor ihm aufzubäumen schien. Die einst starre Sumpfzypresse begann, sich zu bewegen – ihre Äste rieben sich gegeneinander und gaben ein schauriges, klagendes Geräusch von sich, das wie das Wimmern eines uralten Wesens klang. Die Wurzeln des Baumes, jene verfluchten Stränge, die so vielen Menschen das Leben genommen hatten, schlängelten sich wie Schlangen über den Boden, wanden sich auf ihn zu und griffen nach seinen Beinen.

Panisch zog Robert das Schwert nach oben, schlug auf die Wurzeln ein und schnitt eine nach der anderen ab. Doch für jede Wurzel, die er trennte, schien eine neue aus dem Boden zu schießen, gierig, lebendig, als wollte sie ihn selbst in die Erde ziehen und zu einem weiteren Opfer machen. Sein Herz raste, seine Muskeln brannten, doch er wusste, dass er nicht aufhören durfte. Der Baum war zu stark, zu alt, um sich ohne Kampf geschlagen zu geben.

Mit letzter Kraft stieß er das Schwert tief in den Stamm des Baumes. Ein unheilvolles Knacken ertönte, als die Klinge die Rinde durchbrach und das Holz spaltete. Plötzlich schien der Baum still zu stehen, als würde er die Schwere des Angriffs spüren und einen Moment innehalten. Dann geschah das Unglaubliche: Ein dunkler, dicker Saft begann aus dem Schnitt zu fließen, fast wie Blut, und ein stechender Geruch erfüllte die Luft, ein Gestank von Verwesung und uraltem Leiden. Der Baum gab einen weiteren Schrei von sich, der Robert in den Knochen vibrierte. Er spürte die Macht des Fluches, der in jeder Faser dieses Wesens steckte, und wusste, dass er auf dem richtigen Weg war. Doch der Zorn des Baumes war grenzenlos, und mit einem letzten, verzweifelten Aufbäumen begann die Sumpfzypresse, ihre volle Kraft zu entfalten. Plötzlich fühlte Robert eine Kälte, die durch seinen Körper kroch. Ein eisiger Hauch umgab ihn, und er sah, wie sich die Wurzeln des Baumes um ihn zu schließen begannen, wie eine Falle, die ihn unaufhaltsam in die Tiefe zog. Die Erde unter ihm wurde weich, als ob sie ihn verschlingen wollte, und das Flüstern der Geister um ihn herum wurde lauter, verzweifelter. Es war, als würde der Baum versuchen, seine Seelen zu schützen, sie in der Dunkelheit zu halten, aus Angst, seine Macht zu verlieren.

„Nein!" schrie Robert und stemmte sich gegen die Wurzeln, die ihn fest umklammerten. „Ihr seid frei! Ihr müsst euch nicht länger diesem Fluch beugen!"

Die Gesichter in der Rinde begannen sich zu verändern. Wo zuvor Schmerz und Qual gestanden hatten, schien nun etwas wie Erleichterung und Hoffnung aufzuleuchten. Die Seelen, die über Jahrhunderte gefangen gewesen waren, spürten die Schwäche des Baumes. Der Fluch begann zu bröckeln, als ob die Macht des Schwertes die Dunkelheit, die den Baum umhüllte, langsam zersetzte.

Petermännchens Stimme erklang in Roberts Kopf, leise und drängend: „Noch ein Schlag, Robert. Ein letzter Schlag, und die Geister werden frei sein."

Robert sammelte all seine Kraft und zog das Schwert erneut aus dem Stamm des Baumes. Seine Hände waren zittrig, seine Beine schwer wie Blei, und er spürte die Last des Fluches auf seinen Schultern. Doch die Hoffnung in den Gesichtern der Versteinerten gab ihm die letzte Kraft, die er brauchte.

Mit einem markerschütternden Schrei hob er das Schwert ein letztes Mal und stieß es tief in das Herz des Baumes. Ein gleißendes Licht flammte auf, als ob die Dunkelheit selbst auseinandergerissen würde. Der Baum erbebte, die Wurzeln zuckten und wanden sich in Agonie, und dann – mit einem einzigen, donnernden Krachen – brach die Sumpfzypresse in sich zusammen. Die mächtigen Äste zerfielen, die Wurzeln versanken in der Erde, und das Flüstern der Geister verstummte.

Für einen Moment war alles still. Der Park lag in tiefem Schweigen, und Robert kniete erschöpft am Boden, das Schwert noch immer in der Hand. Die Sumpfzypresse war verschwunden, nichts blieb von ihr zurück, außer einem schmalen, von Licht durchfluteten Fleck Erde. Der Baum war fort – und mit ihm auch die Qual der Versteinerten. Langsam hob Robert den Blick und sah, wie die gequälten Gesichter der verfluchten Seelen um ihn herum verblassten. Die Seelen lösten sich in kleinen Lichtkugeln auf, die wie Glühwürmchen um ihn herumschwirrten, sich nach oben erhoben und schließlich im Nachthimmel verschwanden. Es war ein friedlicher, erlösender Anblick, und Robert spürte, wie eine Last von ihm abfiel.

Doch in diesem Moment spürte er auch eine tiefe Leere in sich. Petermännchen hatte ihn gewarnt, dass das Schwert einen Preis forderte – und nun wusste er, was das bedeutete. Ein Teil seiner Seele, ein Stück seines Lebens, war zusammen mit dem Baum und den Seelen der Verfluchten in die Dunkelheit eingegangen. Er spürte die Leere, die dieser Kampf in ihm hinterlassen hatte, und wusste, dass er niemals wieder derselbe sein würde.

„Danke", flüsterte eine leise Stimme in seinem Kopf. Es war Petermännchen. „Du hast uns befreit, Robert. Du hast uns Frieden gebracht." Robert nickte stumm und ließ das Schwert in den weichen Boden sinken. Der Mond leuchtete hell über dem Park, und die Dunkelheit schien weniger bedrohlich als zuvor. Der Fluch war gebrochen, und die Seelen waren frei.

Mit schweren Schritten machte er sich auf den Weg aus dem Park. Ein Gefühl des Friedens begleitete ihn, doch auch eine melancholische Leere, die ihn daran erinnerte, dass nicht jeder Kampf ohne Opfer zu gewinnen war. Er würde zurückkehren, um das Schwert ein letztes Mal in Ehren zu bestatten, doch heute Nacht wollte er nur noch fort.

Als er den Park verließ, drehte er sich ein letztes Mal um und sah zum leeren Platz, wo einst die mächtige Sumpfzypresse gestanden hatte. Ein sanfter Wind strich über die leere Lichtung, und für einen Moment glaubte er, das leise Lachen von Petermännchen zu hören, ein Zeichen des Dankes und des Abschieds.

Dann drehte er sich um und ging, den Frieden der befreiten Seelen im Rücken, und wusste, dass er etwas Uraltes und Unheimliches überwunden hatte – etwas, das tief in den Schatten der Geschichte verwurzelt war.

Kapitel 6: Der Preis des Sieges

Die Nacht war still, als Robert den Schlosspark verließ und die Straßen Schwerins hinunterschritt. Ein eigenartiger Frieden lag in der Luft, ein stiller Triumph, den er tief in seinem Inneren spürte – und doch war da auch diese seltsame Leere, ein Gefühl der Erschöpfung, das über die körperliche Müdigkeit hinausging. Der Kampf gegen den Fluch und die Zerstörung der Sumpfzypresse hatten mehr von ihm gefordert, als er begreifen konnte.

In den folgenden Tagen kehrte Robert zu seinem gewohnten Leben zurück. Er vergrub sich in seiner Arbeit, vertiefte sich in historische Texte, so als wäre nichts geschehen. Doch in ihm wuchs das Gefühl, dass er etwas verloren hatte. Es war, als hätte der Baum einen Teil von ihm mit sich genommen, ein Stück seiner Seele, das er vielleicht niemals zurückbekommen würde. Er fühlte sich verändert – als hätte er die Dunkelheit, die er besiegt hatte, in sich selbst aufgenommen.

Eines Abends, als er in seinem Arbeitszimmer saß und auf seine Bücher starrte, überkam ihn ein seltsames Gefühl. Es war das gleiche kalte Kribbeln, das ihn in jener Nacht im Park übermannt hatte. Die Luft um ihn herum fühlte sich plötzlich schwerer an, und ein kaum hörbares Flüstern schien die Stille zu durchbrechen. Robert fröstelte und schloss die Augen, in der Hoffnung, das Gefühl loszuwerden – doch das Flüstern wurde lauter.

„Du hast uns befreit… und doch sind wir nie wirklich gegangen."

Er riss die Augen auf und drehte sich hektisch um. Niemand war da. Das Zimmer war leer, und das Flüstern verstummte, als wäre es nie da gewesen. Doch die Worte hallten in seinem Kopf nach, wie das Echo einer geisterhaften Erinnerung. Er wusste, dass es die Stimmen der Versteinerten waren – die Seelen, die er befreit hatte und die nun in der anderen Welt ruhten. Doch es schien, als wäre ein Teil von ihnen bei ihm geblieben, gebunden durch das Opfer, das er gebracht hatte.

Robert versuchte, die düsteren Gedanken abzuschütteln und sich auf etwas anderes zu konzentrieren. Doch die Nächte wurden länger, und das Gefühl der Kälte und der Dunkelheit ließ ihn nicht los. Jede Nacht schienen die Schatten in seinem Zimmer tiefer, dichter zu werden. Ein leises Flüstern war oft das Letzte, was er hörte, bevor der Schlaf ihn endlich übermannte – das Flüstern von Geistern, die ihm ihre Dankbarkeit ausdrückten und gleichzeitig die Einsamkeit der Ewigkeit mit ihm teilten.

Er begann zu träumen. Jede Nacht tauchte er in eine Welt ein, in der die Sumpfzypresse noch immer stand, unversehrt, umgeben von den Gesichtern der Versteinerten. In seinen Träumen sah er die Seelen der Geister, wie sie sich ihm näherten, ihm zuflüsterten, ihn beobachteten mit jenen Augen, die vor Leid und Hoffnung brannten. Sie waren ihm dankbar – das wusste er –, doch die Nähe der Geister begann, seine Kraft zu schwächen. Es war, als hätte die Zerstörung des Baumes ihn an eine unsichtbare Kette gebunden, die ihn an das Reich der Toten fesselte.

Eines Nachts, während er in einem besonders lebhaften Traum gefangen war, erschien ihm Petermännchen. Der Geist stand wie eine silbrige Silhouette vor ihm, kleiner und schwächer als zuvor, und seine Augen wirkten alt und traurig.

„Du hast den Fluch gebrochen, Robert", sagte Petermännchen leise. „Doch mit jedem Fluch, den man bricht, kommt ein Preis. Die Geister, die du befreit hast, finden Ruhe – aber ihre Erinnerungen, ihre Leiden, ihre Kämpfe... all das bleibt in dir zurück."

„Was meinst du damit?" fragte Robert, und seine Stimme zitterte vor Angst und Verwirrung. „Ich dachte, sie seien frei. Ich habe doch getan, was nötig war."

Petermännchen nickte langsam. „Das hast du. Doch das Schwert, das du verwendet hast, trägt die Macht der Verfluchten in sich. Es hat dir geholfen, den Baum zu zerstören, aber es hat auch ein Teil ihrer Last auf dich übertragen. Die Dunkelheit, die der Baum in sich trug, ist nun ein Teil von dir. Du bist der neue Wächter dieser Seelen, Robert. Sie mögen frei sein – doch ihre Schatten werden dich begleiten."

Robert spürte einen Kloß in seinem Hals und eine unerträgliche Schwere auf seinen Schultern.

„Heißt das, dass ich nie wieder frei sein werde? Dass ich für immer an diese Geister gebunden bin?"

Petermännchen legte den Kopf leicht schief und betrachtete ihn mit einem traurigen Lächeln. „Es ist nicht so einfach wie eine Bindung. Es ist eher ein Erbe. Du trägst ihre Geschichte, ihre Erinnerungen, in dir. Das wird dich für immer verändern. Aber du kannst wählen, was du daraus machst. Du hast die Macht, die Erinnerung an die Verfluchten weiterzutragen – ihre Geschichten zu erzählen, ihre Leiden sichtbar zu machen. So lange du ihre Erinnerung ehrst, wirst du ihren Frieden bewahren."

Robert wusste nicht, ob er erleichtert oder erschüttert sein sollte. Der Gedanke, dass die Geister der Versteinerten nun Teil seines Lebens waren, dass er ihr Erbe weitertragen musste, erfüllte ihn mit einer seltsamen Mischung aus Angst und Verantwortung.

„Aber was ist mit dir?" fragte er. „Du bist ebenfalls ein Wächter der Seelen gewesen. Was geschieht nun mit dir?"

Petermännchen lächelte sanft. „Ich bin nun frei, Robert. Dank dir. Mein Fluch ist gebrochen, und meine Seele kann endlich ruhen. Doch ich werde immer über dich wachen, so wie ich über diese Seelen gewacht habe. Du bist jetzt der Hüter, der Träger ihrer Erinnerung."

Mit diesen Worten verblasste Petermännchen und verschwand in einem silbrigen Licht, das sich langsam auflöste. Robert erwachte aus seinem Traum, doch der Klang von Petermännchens Stimme blieb in seinem Kopf und in seinem Herzen. Er fühlte sich wie ein neuer Mensch – ein Mensch, der ein schweres Erbe trug, doch auch die Möglichkeit hatte, dieses Erbe zu nutzen, um Gutes zu tun.

In den darauffolgenden Wochen begann Robert, die Geschichten der Versteinerten niederzuschreiben. Jedes Detail, das er in den alten Büchern und durch die Begegnungen im Park erfahren hatte, brachte er auf Papier, so als wäre es seine Pflicht, das Leid der Geister für die Nachwelt zu bewahren. Die Nächte waren ruhiger geworden, und das Flüstern der Geister war fast vollständig verstummt – doch er spürte ihre Anwesenheit, wie einen leisen Atemzug im Rücken, eine sanfte Berührung in der Stille.

Er wusste, dass der Fluch des Baumes endgültig gebrochen war und die Geister Frieden gefunden hatten. Doch auch wusste er, dass sein Leben für immer verändert war. Der Baum mochte verschwunden sein, doch die Erinnerung an ihn, an die Qualen und das Leid, lebte in ihm weiter. Robert war nun der letzte Wächter, der Hüter der Geschichten, die sonst verloren gegangen wären.

Als er eines Abends den Park erneut besuchte, spürte er eine seltsame Ruhe. Die Sumpfzypresse war verschwunden, doch der Platz, an dem sie einst gestanden hatte, war erfüllt von einer leisen Schönheit. Der Boden war grün bewachsen, und ein zarter Nebel umhüllte die leere Lichtung. Es war, als wäre der Park selbst geheilt worden, von der Dunkelheit befreit, die so lange auf ihm gelastet hatte.

Robert lächelte schwach und schloss die Augen, spürte die Kühle des Abends auf seiner Haut. Er wusste, dass er hierher zurückkehren würde, um zu gedenken, um die Geschichten zu bewahren. Er hatte den Fluch besiegt, die Geister befreit – und zugleich eine Verbindung aufgebaut, die ihn

für immer mit diesem Ort und seinen Seelen verband.
Und als er den Park verließ, hörte er ein letztes Mal das sanfte, dankbare Flüstern der Geister – ein Abschiedsgruß an den Mann, der ihren Frieden gebracht hatte.

Kapitel 7: Das Vermächtnis der Geister

Die Wochen vergingen, und Robert lebte in einer neuen Art von Normalität. Schwerin schien ihm heller und lebendiger als zuvor, als hätte der ganze Ort etwas von dem Frieden übernommen, den er den verfluchten Geistern gebracht hatte. Doch tief in seinem Inneren wusste er, dass der Kampf um die Befreiung der Seelen ihn für immer verändert hatte. Er war jetzt der Hüter ihrer Geschichten, ein Wächter der Vergangenheit, und das Vermächtnis des Fluches lebte in ihm weiter.

Eines Tages wurde ihm ein altes Dokument zugespielt, eine handgeschriebene Notiz, die wohl aus einer geheimen Kammer des Schlossarchivs stammte. Die Notiz enthielt den Bericht eines Priesters, der das schreckliche Ritual beobachtet und das Leiden der Versteinerten dokumentiert hatte. Der Bericht endete mit einer kryptischen Nachricht: „*Wer den Fluch bricht, wird seine Last tragen. Doch er wird auch die Wahrheit der anderen Welten erblicken.*"

Robert konnte den Satz nicht mehr aus dem Kopf bekommen. Die Worte „andere Welten" verfolgten ihn in seinen Gedanken und Träumen, und immer wieder sah er Petermännchens trauriges Gesicht und die Gesichter der Versteinerten vor sich. Es war, als ob ihm eine verborgene Dimension des Lebens enthüllt worden war, eine Welt, die nur sichtbar wurde, wenn man selbst durch das Dunkel gegangen war. Der Gedanke war gleichzeitig beunruhigend und faszinierend.

Während er eines Abends an seinem Schreibtisch saß und seine Aufzeichnungen sortierte, spürte er plötzlich, wie die Luft um ihn her kälter wurde. Ein leiser Windzug strich durch den Raum, und die Flamme der Kerze flackerte, obwohl kein Fenster geöffnet war. Robert erstarrte, seine Hand hielt den Stift fest, und er spürte das bekannte Kribbeln auf seiner Haut. Es war das Gefühl, das ihn zurück in den Schlosspark brachte, in die Gegenwart der Geister.

„Bist du wieder hier?" flüsterte er in die Stille. Eine Antwort kam nicht, doch eine Präsenz war eindeutig zu spüren. Er wusste, dass es Petermännchen war, der nun wie ein stiller Schatten über ihn wachte. Ein Gedanke kam ihm in den Sinn: Vielleicht hatte Petermännchen ihm nicht nur den Frieden der Geister anvertraut, sondern ihm auch die Fähigkeit verliehen, die Geheimnisse der „anderen Welten" zu erblicken. Er fühlte sich wie ein Wanderer, der die Schwelle zwischen den Welten überschritten hatte und nun tiefer in ihre Mysterien eintauchen konnte.

In den Nächten, wenn er mit seinen Gedanken allein war, spürte Robert die Gegenwart der verfluchten Geister nicht mehr als Last, sondern als eine stille, friedvolle Kraft. Sie waren seine Begleiter geworden, flüchtige Schatten in seinen Träumen, die ihn wie Freunde aus einer anderen Zeit umgaben. Er hatte sie von ihrem Fluch befreit, doch sie hatten ihm im Gegenzug etwas hinterlassen: die Gabe, zwischen den Welten zu sehen, die Erinnerung an das, was jenseits der sichtbaren Realität existierte.

In den folgenden Monaten begann Robert, seine Erlebnisse in einem Buch niederzuschreiben. Die Geschichten der Versteinerten, die Begegnungen mit Petermännchen, die Zerstörung der Sumpfzypresse – alles, was er erlebt und durchlitten hatte, wurde zu Worten, die er mit der Welt teilen wollte. Er schrieb nicht nur, um das Leiden der Geister zu verewigen, sondern auch, um anderen die Augen zu öffnen für die unsichtbaren Kräfte, die in der Dunkelheit lauern und in jeder Legende und jedem Fluch weiterleben.

Sein Buch begann als persönliches Tagebuch, doch bald merkte er, dass es eine größere Bedeutung annahm. Er schrieb es wie einen Roman, in dem Realität und Fiktion verschwammen, sodass die Leser nicht mehr wussten, was wahr und was erfunden war. Die Geschichte der Versteinerten und des Schlossgeistes Petermännchen nahm eine mystische Qualität an, und er bemerkte, wie seine Worte fast von allein auf das Papier flossen, als ob die Geister selbst durch ihn sprachen. Robert fühlte sich wie ein Medium, das die Geschichten der Toten in die Welt der Lebenden brachte. Seine Freunde bemerkten die Veränderung in ihm; sie sahen die Nachdenklichkeit in seinen Augen, die Tiefe, die seine Stimme angenommen hatte. Er erzählte niemandem von der wahren Quelle seiner Inspiration, doch in seinem Herzen wusste er, dass Petermännchen und die verfluchten Seelen noch immer an seiner Seite waren.

Als das Buch endlich veröffentlicht wurde, fand es sofort Leser, die von der Geschichte fasziniert waren. Die Menschen sprachen über das unheimliche, dunkle Geheimnis, das Robert enthüllte, und über die Legende des Schlossgeistes, die er wieder zum Leben erweckt hatte. Doch für Robert war das Buch mehr als nur eine Erzählung; es war sein eigenes Vermächtnis, sein Beitrag zur Erinnerung an die Versteinerten und den Fluch des Schlosses.

Am Tag der Veröffentlichung besuchte er noch einmal den Park. Die Lichtung, auf der einst die Sumpfzypresse gestanden hatte, war nun friedlich und grün, mit jungem Gras und wilden Blumen bewachsen. Die Luft war klar und kühl, und ein leichter Wind wehte durch die Bäume. Robert stand einen Moment lang in Stille und schloss die Augen. Er dachte an die Seelen, die er befreit hatte, an das Opfer, das er gebracht hatte, und an das Erbe, das nun Teil von ihm war.

Ein leises Lachen ertönte in seinem Kopf, vertraut und schelmisch. Er erkannte sofort Petermännchens Stimme, die ihm wie ein leises Flüstern durch die Gedanken strich.

„Gut gemacht, Robert. Die Geister werden dich nicht vergessen."

Ein schwaches Lächeln umspielte seine Lippen, und er spürte eine sanfte Wärme in seiner Brust. Die Last der verfluchten Seelen war nicht länger eine Bürde, sondern eine Kraft, die ihn erfüllte und ihn daran erinnerte, dass die Dunkelheit auch Geheimnisse und Magie in sich trug. Die Legenden und Geister, die ihn begleitet hatten, würden immer ein Teil von ihm bleiben, doch sie waren nun frei, friedlich in jener anderen Welt. Mit einem letzten Blick auf die ruhige, friedliche Lichtung drehte sich Robert um und verließ den Park, sein Herz leicht und erfüllt von einer leisen Freude. Er wusste, dass er immer wieder zu diesem Ort zurückkehren würde, um die Geister zu ehren, die er erlöst hatte, und die Geschichten weiterzutragen, die ihm anvertraut worden waren.

In ihm lebte das Vermächtnis der Geister weiter – ein stilles, tiefes Wissen, das er für immer in sich tragen würde.

Kapitel 8: Die Rückkehr des Unbekannten

Der Erfolg von Roberts Buch zog immer mehr
Menschen an. Leser kamen von weit her, um den
Ort zu sehen, über den er geschrieben hatte, und
die Lichtung, wo einst die mächtige
Sumpfzypresse stand, wurde zu einem Pilgerort für
Neugierige und Mystikinteressierte. Touristen und
Einheimische erzählten sich ihre eigenen
Versionen der Geschichte, und es dauerte nicht
lange, bis der Schlosspark zu einem beliebten Ort
für nächtliche Führungen und Geistergeschichten
wurde.
Robert beobachtete die Entwicklung zunächst
aus der Ferne. Es erfüllte ihn mit Stolz und einer
gewissen Zufriedenheit, dass die Erinnerung an
die Geister und den Fluch der Sumpfzypresse
weiterlebte. Doch etwas an der Aufmerksamkeit,
die der Park plötzlich erhielt, ließ ihn unruhig
werden. Er konnte das Gefühl nicht abschütteln,
dass die Geister, die er befreit hatte, mit all
diesen neuen Besuchern nicht zur Ruhe kommen
konnten. Es war, als würde die fortwährende
Neugier der Menschen die Wunden der
Vergangenheit immer wieder aufreißen.
Eines Abends, als die Dämmerung bereits die
Stadt einhüllte, beschloss Robert, den Park erneut
zu besuchen. Er wollte die Lichtung sehen, wollte
sicherstellen, dass der Ort der Sumpfzypresse
noch immer die Ruhe bewahrte, die er durch das
Opfer erlangt hatte. Die Schatten der Bäume
wurden länger, als er den Park betrat, und die
Luft war kühl und schwer, wie es oft im Herbst
war. Ein leichter Nebel zog sich durch die Bäume

und verlieh der Umgebung eine geisterhafte
Atmosphäre, die ihn an jene unheimliche Nacht
erinnerte, in der er den Fluch gebrochen hatte.
Als er die Lichtung erreichte, stellte er mit einem
Schlag fest, dass sich etwas verändert hatte. Wo
einst das junge Gras und die wilden Blumen
gewachsen waren, war der Boden nun kahl und
von leichten Vertiefungen durchzogen, die wie
die Spuren von Tieren aussahen. Doch es waren
keine gewöhnlichen Tierspuren; sie hatten eine
tiefe, knorrige Form, die ihn an die
menschenähnlichen Wurzelstränge erinnerte.
Robert kniete sich hin und fuhr vorsichtig mit den
Fingern über die Spuren. Der Boden war kalt und
seltsam feucht, als hätte es hier kurz zuvor
geregnet, doch der Himmel war seit Tagen
wolkenlos.
Plötzlich überkam ihn eine seltsame Beklemmung.
Es war das gleiche Gefühl, das er damals in den
Ruinen gespürt hatte – eine Präsenz, die sich ihm
näherte, als wolle sie ihm etwas sagen. Ein leises
Wispern erhob sich, kaum mehr als ein Hauch in
der kühlen Abendluft, doch Robert hörte es
deutlich. Die Stimmen der Geister, die er
geglaubt hatte, befreit zu haben, schienen
zurückzukehren, und sie klangen anders –
dringlicher, fordernder.
„Du bist zurückgekehrt… du hast uns befreit,
doch nicht alles ist erlöst…"
Roberts Herz begann schneller zu schlagen, und
ein eisiger Schauer kroch seinen Rücken hinauf. Er
hatte geglaubt, dass der Fluch gebrochen war,
dass die Seelen, die in der Sumpfzypresse
gefangen waren, ihren Frieden gefunden hatten.

Doch jetzt hörte er das Flüstern, und es klang wie eine Warnung, ein Ruf aus einer anderen Welt, der ihm sagen wollte, dass noch etwas Ungelöstes geblieben war.

„Was wollt ihr von mir?" flüsterte Robert, seine Stimme leise und bebend. „Ich habe euch geholfen, ich habe den Fluch gebrochen. Warum seid ihr noch hier?"

Die Stimmen antworteten ihm nicht direkt, doch das Flüstern schwoll an, wurde lauter und tiefer, als würde es aus der Erde selbst kommen. Die Kälte in der Luft verstärkte sich, und der Nebel um ihn herum schien dichter zu werden, als ob unsichtbare Hände ihn umschließen wollten. Robert spürte, wie seine Gedanken durcheinandergerieten, und eine Ahnung breitete sich in ihm aus – eine Ahnung, die ihm Gänsehaut bereitete.

Plötzlich fühlte er eine Berührung an seiner Schulter, leicht und kaum spürbar, doch sie ließ ihn zusammenzucken. Er drehte sich um und sah in die Dunkelheit der Bäume, doch niemand war da. „Petermännchen?" rief er, doch keine Antwort kam. Stattdessen schien der Nebel um ihn herum lebendiger zu werden, und er hatte das Gefühl, dass etwas auf ihn zukam – eine Gestalt, die sich in den Schatten verbarg, ein Wesen, das mehr war als ein bloßer Geist.

Dann erkannte er es: eine vage Silhouette, die sich langsam aus dem Nebel schälte. Es war Petermännchen, doch sein Gesicht war anders als sonst – ernster, verzweifelter. Der Geist sah ihn an, und seine Augen schienen in die Tiefe von

Roberts Seele zu blicken. Die Traurigkeit in Petermännchens Blick war tiefer als je zuvor.

„Robert", flüsterte der Geist, „du hast uns geholfen, und doch… es gibt noch etwas, das nicht abgeschlossen ist. Die Sumpfzypresse war nicht nur ein Baum. Sie war ein Portal, ein Knotenpunkt zwischen den Welten. Ihre Zerstörung hat die Geister befreit, doch sie hat auch die Grenze zwischen den Welten dünner gemacht."

„Was meinst du damit?" fragte Robert, und sein Herzschlag beschleunigte sich, als ihm die Bedeutung von Petermännchens Worten langsam klar wurde.

„Die Menschen, die an diesen Ort kommen, die neugierigen Blicke und die Geschichten, die nun erzählt werden – sie öffnen das Tor erneut. Die Grenze zwischen der Welt der Lebenden und der Welt der Geister wird mit jedem Besuch dünner, und ich kann spüren, dass etwas Dunkleres herüberkommt. Ein Teil des Fluches wurde nicht aufgelöst. Er lauert noch immer in den Schatten und wartet darauf, wieder zu erwachen."

Robert wurde kalt, als ihm die Tragweite der Worte bewusst wurde. Hatte er unwissentlich etwas entfesselt, das er nicht mehr kontrollieren konnte? Die Vorstellung, dass der Park nun eine offene Pforte zur anderen Welt sein könnte, erfüllte ihn mit einer Furcht, die tief in seine Knochen drang. Es war, als ob der Fluch der Sumpfzypresse auf eine neue Art lebendig geworden war, als ob er sich in den Boden und die Bäume gefressen hätte und nur darauf wartete, erneut entfesselt zu werden.

„Was kann ich tun?" flüsterte er, und seine Stimme zitterte.

Petermännchen sah ihn mit einem Hauch von Mitgefühl an. „Es gibt ein Ritual, das die Grenze stärken kann. Doch du musst dich darauf vorbereiten, Robert. Es wird Opfer verlangen, und es wird dir einen Teil deiner Lebenskraft nehmen."

„Ich bin bereit", sagte Robert, obwohl er wusste, dass seine Worte ihn tiefer in das Unbekannte führen würden, als er jemals gedacht hätte.

Der Geist nickte und erklärte ihm das Ritual. Er müsse die Geschichte der Geister öffentlich wiederholen, nicht in einem Buch, sondern auf der Lichtung selbst. Er müsse die Wahrheit erzählen, den Fluch, den Baum und das Schwert – und er müsse es im Namen der Verfluchten tun, mit ihrer Einwilligung und ihrem Segen. Nur durch das Erneuern und Offenlegen der Wahrheit könnte die Grenze zwischen den Welten wieder geschlossen werden.

„Dies ist deine letzte Aufgabe, Robert", sagte Petermännchen. „Die Seelen der Verfluchten haben dir ihr Vertrauen geschenkt. Sie zählen auf dich, dass du das Vermächtnis aufrechterhältst – aber auch, dass du die Dunkelheit in Schach hältst."

In dieser Nacht begann Robert, das Ritual vorzubereiten. Er würde auf der Lichtung sprechen, die Worte der Verfluchten wiederholen und die Geschichten noch einmal in die Welt tragen, um den Fluch ein für alle Mal zu bannen. Er wusste, dass dies seine letzte Konfrontation mit der Dunkelheit sein würde, die der Baum hinterlassen hatte. Und er wusste, dass er nicht allein sein würde – die Geister würden ihn begleiten, seine Verbündeten aus einer anderen Welt.

Am nächsten Morgen, als die Sonne über Schwerin aufging, war Robert bereit.

Kapitel 9: Das Ritual der Wahrheit

Die Nacht war sternenklar, als Robert sich ein letztes Mal auf den Weg zur Lichtung im Schlosspark machte. Der Mond stand hoch am Himmel und warf sein bleiches Licht über die Bäume, die wie stumme Wächter über ihm thronten. Roberts Herz klopfte schneller, während er die kühle Nachtluft einatmete. Die Worte von Petermännchen hallten noch immer in seinem Kopf wider: *„Nur durch das Erneuern und Offenlegen der Wahrheit kann die Grenze geschlossen werden."*

Er trug eine Laterne und das alte Buch, in dem das Ritual der Verfluchten beschrieben war, mit sich. Die Seiten waren brüchig und vom Alter vergilbt, und er wusste, dass dies der letzte Schritt war, um den Fluch des Baumes und die Geister, die noch an die Welt gebunden waren, endgültig zu erlösen. Die Aufgabe fühlte sich wie ein Abschluss an, und dennoch lag eine unheimliche Vorahnung in der Luft.

Auf der Lichtung angekommen, entzündete Robert die Laterne und stellte sie in die Mitte des kahlen Bodens, wo einst die mächtige Sumpfzypresse gestanden hatte. Der Platz war still und düster, und der Boden unter seinen Füßen schien fast zu vibrieren, als würde eine tiefe, verborgene Energie erwachen. Es war die gleiche Energie, die er gespürt hatte, als er das Schwert geführt und den Baum zerstört hatte – die Macht des Fluches, die nun darauf wartete, endgültig gelöst zu werden.

Robert öffnete das Buch und begann, die alten, kryptischen Worte des Rituals laut zu lesen. Die Sprache war fremd, voller gutturaler Laute und schwer verständlicher Silben, und doch schien er die Bedeutung der Worte zu fühlen, als ob die Geister selbst ihn führten. Seine Stimme hallte über die Lichtung, durch die Bäume und den Park, und je länger er sprach, desto intensiver wurde das Kribbeln in der Luft. Ein leises Flüstern begann um ihn herum aufzuwallen, als würden die Geister ihn erhören.

„Ich rufe die Seelen, die hier gebunden waren," sprach er mit fester Stimme, „und ich gebe ihnen die Wahrheit zurück, die ihnen gestohlen wurde. Ich stehe hier, im Namen derer, die in dieser Erde gefangen waren, und bringe ihr Leid ans Licht." Das Flüstern wurde lauter, dichter, als ob die Stimmen der Versteinerten ihm antworteten. Er spürte, wie sich die Luft verdichtete, und ein kalter Wind fegte über die Lichtung. Schatten huschten über den Boden, die Gestalten der Geister, die einst in der Sumpfzypresse gefangen waren, erschienen ihm wie flüchtige Silhouetten im Mondlicht. Die Gesichter der Versteinerten formten sich im Nebel um ihn, verzerrt und doch friedvoll, als ob sie seine Anwesenheit anerkannten und verstanden.

„Ich ehre euch, die ihr gelitten habt. Ich erlöste den Baum, der euch gefangen hielt, doch eure Geschichten bleiben. Ich trage sie weiter, im Namen der Wahrheit, im Namen der Freiheit. Möge dies der letzte Schritt sein, der euch in Frieden ruhen lässt."

Der Wind trug seine Worte durch den Park, und die Schatten der Geister bewegten sich um ihn herum wie ein schützender Kreis. Robert spürte die Präsenz von Petermännchen, der in einer geisterhaften Form neben ihm erschien. Der Schlossgeist blickte ihn an und nickte. Es war ein stilles Zeichen der Anerkennung und des Respekts, ein Dankeschön, das keine Worte brauchte.

Doch plötzlich spürte Robert, wie die Luft um ihn herum sich veränderte. Ein dunkler Schatten schob sich über den Mond, und die Umgebung schien in Finsternis getaucht zu sein. Ein tiefes, dröhnendes Murmeln erhob sich aus der Erde, und der Boden unter ihm begann zu beben. Es war, als würde die Dunkelheit, die durch die Zerstörung der Sumpfzypresse freigesetzt worden war, ihre letzte, verzweifelte Kraft entfesseln. Ein Teil des Fluches hatte sich gewehrt und wollte nicht in die Vergessenheit verbannt werden.

Robert wich einen Schritt zurück, das Buch in der Hand fest umklammert. Vor ihm, wo der Schatten des Baumes gestanden hatte, erhob sich eine schattenhafte Gestalt, groß und mächtig, und ihre Konturen waren unnatürlich verdreht, als ob sie aus den Wurzeln selbst herausgewachsen wäre. Es war der letzte Geist des Baumes, das Herz des Fluches, das versuchte, sich gegen seine endgültige Erlösung zu wehren.

„Du… hast uns gebrochen… doch nicht alles ist vorbei…" hallte eine tiefe, bedrohliche Stimme durch die Lichtung. Der Schatten bewegte sich auf Robert zu, langsam und drohend, und seine Gestalt formte sich wie ein Spiegelbild der verfluchten Wurzeln. Es war der Geist des Baumes selbst, eine Ansammlung all der Dunkelheit und des Leids, die in ihm verankert gewesen war. Robert spürte seine Angst aufsteigen, doch er blieb standhaft. Dies war der letzte Schritt, der letzte Teil des Rituals, und er wusste, dass er sich diesem Geist stellen musste, wenn er den Fluch endgültig brechen wollte. Er hob das Buch in die Höhe und sprach die letzten Worte des Rituals, die Worte der Befreiung, die die Grenze zwischen den Welten wieder festigen sollten.

„Im Namen derer, die gelitten haben, im Namen derer, die durch den Fluch gebunden waren – ich verbanne dich, Schatten des Baumes, zurück in die Dunkelheit. Dein Leid ist zu Ende, deine Macht ist gebrochen. Du sollst nicht länger an die Welt der Lebenden gebunden sein."

Die schattenhafte Gestalt schrie auf, und das Geräusch war durchdringend, fast unerträglich. Es war ein Schrei voller Schmerz, Wut und Ergebenheit, ein letztes Aufbäumen der Dunkelheit, die keinen Platz mehr in dieser Welt hatte. Die schattenhafte Gestalt verzog sich, löste sich langsam auf, bis sie nur noch ein dünner, schwacher Hauch war, der schließlich von dem Wind fortgetragen wurde.

Die Lichtung lag still und ruhig, als der Schatten des Fluches sich endgültig auflöste. Die Gestalten der Geister um Robert verschwanden, und die Stimmen der Versteinerten wurden immer leiser, bis sie verstummten. Der Park schien zu atmen, als ob die Natur selbst die Befreiung des Ortes anerkennen würde. Die Grenze war geschlossen, und die Welt der Lebenden und die Welt der Geister waren wieder voneinander getrennt. Robert spürte, wie die Erschöpfung über ihn hereinbrach, doch auch eine tiefe Erleichterung. Die Geister waren endlich frei, und die Dunkelheit, die der Baum hinterlassen hatte, war verschwunden. Er blickte zum Himmel und sah, wie die Wolken sich verzogen und der Mond wieder in vollem Glanz über der Lichtung schien. Die Nacht war still, friedlich, und das Echo der letzten Geister schien ihm ein leises, dankbares „Lebwohl" zuzuflüstern.

Er stand noch einen Moment dort, das Buch in der Hand, das nun nur noch ein Relikt vergangener Zeiten war. Petermännchen war verschwunden, doch Robert wusste, dass der Geist des Schlosses seinen Frieden gefunden hatte. Die Verfluchten hatten ihre Ruhe, und der Fluch war für immer gebrochen.

Mit einem leichten Lächeln verließ Robert die Lichtung. Er spürte sich selbst verändert, gereift und geheilt. Die Geschichte der Sumpfzypresse und der verfluchten Geister würde für immer in ihm weiterleben, doch sie war nun nicht mehr ein Zeichen von Leid, sondern ein Symbol für Mut, Erlösung und die Macht der Wahrheit.

Als er den Park verließ und zurück in die Welt der Lebenden trat, wusste er, dass er etwas Übernatürliches überwunden und einen Frieden geschaffen hatte, der sowohl ihm als auch den Geistern der Vergangenheit Ruhe brachte.

Kapitel 10: Der Letzte Blick zurück

In den folgenden Tagen schien Schwerin wie verwandelt. Der Schlosspark, der zuvor von einer unerklärlichen Schwere durchzogen gewesen war, wirkte nun heller, friedlicher. Die Lichtung, die einst unter der finsteren Aura der Sumpfzypresse gestanden hatte, war jetzt zu einem Ort des Neubeginns geworden. Blumen begannen in den frischen, unberührten Boden zu wachsen, als ob die Natur selbst den Fluch vergessen und der Ort von neuem Leben erfüllt werden wollte.

Robert konnte das Gefühl nicht verdrängen, dass die Stadt, der Park und sogar er selbst einen neuen Abschnitt erreicht hatten. Doch ebenso spürte er, dass ihm ein Teil seines alten Selbst verloren gegangen war – ein Stück seines eigenen Wesens, das er in der Dunkelheit der Geister und des Fluches gelassen hatte. Es war ein stilles Vermächtnis, das ihn für immer begleiten würde, ein Preis für den Frieden, den er den Verfluchten gebracht hatte.

Eines Abends beschloss er, noch einmal in den Schlosspark zurückzukehren. Nicht aus Pflicht oder Notwendigkeit, sondern als Abschluss. Er wollte sich endgültig verabschieden. Es war eine klare, kühle Nacht, und der Vollmond erhellte die Wege. Der Park lag still, und kein Windhauch störte die friedliche Atmosphäre. Robert spürte die Ruhe, die jetzt über der Lichtung lag, und ein leises Lächeln erschien auf seinen Lippen.

Er trat auf die Lichtung, die nun sanft im Mondlicht schimmerte, und blieb einen Moment stehen. Er dachte an Petermännchen, an die Verfluchten, deren Schicksale er in die Welt getragen hatte, und an das Ritual, das die Grenze zwischen den Welten wieder versiegelt hatte. Die Erinnerungen fühlten sich jetzt weit entfernt an, wie ein Traum, der nur langsam verblasste.

Robert schloss die Augen und atmete die kühle Nachtluft tief ein. „Danke," flüsterte er leise, „für alles."

In diesem Moment hörte er ein leises Rascheln hinter sich. Er öffnete die Augen und drehte sich um, und da stand er – Petermännchen, der Schlossgeist. Er wirkte durchsichtiger, als wäre er nur ein Schatten dessen, was er einmal gewesen war, und doch schimmerte ein sanftes Licht um ihn herum. Seine Augen funkelten warm und weise, und sein Gesicht trug ein friedvolles Lächeln.

„Dies ist dein Abschied, Robert", sagte Petermännchen leise, und seine Stimme klang sanft, fast wie eine Erinnerung. „Dein Herz ist rein, und dein Geist wird nicht mehr belastet sein. Die Verfluchten sind frei, und der Fluch ist für immer gebrochen. Ich wollte dir danken, bevor ich endgültig gehe."

Robert nickte stumm, überwältigt von einem Gefühl des Friedens und der Erfüllung. „Ich habe getan, was ich konnte," flüsterte er. „Ich hoffe, dass ich eurem Leiden gerecht wurde."

Petermännchen legte den Kopf leicht schief und sah ihn mit einem freundlichen Lächeln an. „Du hast mehr getan, als wir je erhoffen konnten. Die Welt der Lebenden und die Welt der Geister sind wieder getrennt, und wir können nun ruhen. Dein Opfer und dein Mut haben uns Frieden gebracht."

Dann schritt Petermännchen auf ihn zu und legte ihm die Hand auf die Schulter. Die Berührung war leicht wie eine Feder, doch Robert spürte eine Wärme, die durch seinen ganzen Körper strömte. Es war, als würde Petermännchen ihm einen letzten Teil seiner Energie, seines Segens, übertragen – ein Abschiedsgeschenk, das ihm die letzte Ruhe bringen sollte.

„Geh zurück in dein Leben, Robert", sagte Petermännchen. „Die Geschichten, die du erzählt hast, und die Wahrheit, die du ans Licht gebracht hast, werden weiterleben. Doch du musst die Dunkelheit nicht länger tragen. Lebe, und erinnere dich nur daran, dass die Vergangenheit ihren Platz hat – in dir, aber nicht als Last."

Mit diesen Worten trat Petermännchen zurück. Seine Gestalt begann sich im Mondlicht aufzulösen, als ob er langsam ins Nichts entschwebe. Sein Lächeln verblasste, doch seine Augen ruhten noch einen Moment auf Robert, voller Dankbarkeit und Frieden. Und dann war er fort, ein leiser Hauch im Wind, eine Erinnerung an ein anderes Zeitalter, das nun endgültig abgeschlossen war.

Robert stand noch lange auf der Lichtung und ließ die Stille auf sich wirken. Es fühlte sich an, als hätte er etwas Uraltes und Schweres endlich losgelassen. Die Nacht war friedlich, die Geister waren verschwunden, und der Fluch der Sumpfzypresse war endgültig gebrochen. Ein letztes Mal drehte er sich um und verließ den Park, seine Schritte leicht und sein Herz frei.

Die Geschichte des Fluches und der Geister würde immer ein Teil von ihm bleiben, doch sie würde ihn nicht mehr belasten. Er war nun bereit, in die Zukunft zu blicken, ohne die Schatten der Vergangenheit.

Als er den Park verließ, sah er noch einmal zurück und sah nichts als die friedliche Lichtung im Mondlicht, still und ruhig wie ein ewiges Versprechen. Die Vergangenheit war besiegelt, und die Welt gehörte nun den Lebenden.